剪剪，切切！他切割出
Jiǎn, jiǎn!　qiē, qiē!　Tā　qiē　gē　chū

两只皮鞋的模样。
liǎng zhī pí xié de mú yàng.

Snip, snip! He cut out the shape
of two shoes.

他把它们放在工作台上，
Tā bǎ tā men fàng zài gōng zuō tái shàng,

准备第二天早上开始缝制。
zhǔn bèi dì èr tiān zǎo shàng kāi shǐ féng zhì.

He left them on the workbench ready
to start sewing in the morning.

第二日，当鞋匠走下楼时，他看到…一双美丽的皮鞋，
Dì èr rì, dāng xié jiàng zǒu xià lóu shí, tā kān dào … yī shuāng měi lì de pí xié.

他把它们拿起，看到每一针都是恰当的缝造。
Tā bǎ tā men ná qǐ, kān dào měi yī zhēn dōu shì qià dàng de féng zào.

「不知道这双皮鞋是谁造的呢？」他想道。
"Bù zhī dào zhè shuāng pí xié shì shuí zào de ní？" tā xiǎng dào.

The next day, when he came downstairs, he found... a beautiful pair of shoes.
He picked them up and saw that every stitch was perfectly sewn.
"I wonder who made these shoes?" he thought.

就在这时，一位女士走进鞋店。「那双皮鞋真漂亮，」她说，「那需要多少钱？」
Jiù zài zhè shí, yī wèi nǚ shì zǒu jìn xié diàn. "Nà shuāng pí xié zhēn piào liàng," tā shuò, " nà xū yào duō shǎo qián？"

鞋匠告诉她价钱，但是她却给鞋匠双倍的价钱。
Xié jiàng gào sù tā jià qián, dàn shì tā què gěi xié jiàng shuāng bèi de jià qián.

Just then a woman came in to the shop. "Those shoes are gorgeous," she said. "How much are they?"
The shoemaker told her the price but she gave him twice the money he had asked for.

现在鞋匠有足够的
Xiàn zài xié jiàng yòu zú gòu de

金钱去买食物和一些皮革，
jīn qián qù mǎi shí wù hé yī xie pí gé,

他准备造两双皮鞋。
tā zhǔn bèi zào liǎng shuāng pí xié.

Now the shoemaker had
enough money to buy food
and some leather to make
two pairs of shoes.

剪剪，切切！剪剪，切切！
Jiǎn, jiǎn!　　Qiē, qiē!　　Jiǎn, jiǎn!　　Qiē, qiē!

他切割出四只皮鞋的模样。
Tā qiē gē chū sì zhī pí xié de mú yàng.

Snip, snip! Snip, snip!
He cut out the shapes of four shoes.

他把它们放在工作台上，
Tā bǎ tā men fàng zài gōng zuō tái shàng,

准备第二天早上开始缝制。
zhǔn bèi dì èr tiān zǎo shàng kāi shì féng zhì.

He left them on the workbench ready
to start sewing in the morning.

第二日，当鞋匠走下楼时，他看到…两双美丽的皮鞋，
Dì èr rì, dāng xié jiàng zǒu xià lóu shí, tā kān dào … liǎng shuāng měi lì de pí xié.

「不知道这些皮鞋是谁造的呢？」他想道。
" Bù zhī dào zhè xiē pí xié shì shuí zào de ní？" tā xiǎng dào.

就在这时，一对男女走进鞋店。「看看那些鞋子，」那男人说。
Jiù zài zhè shí, yī duì nán nǚ zǒu jìn xié diàn. " Kān kān nà xié xié zǐ," nà nán rén shuò.

「一双给你，一双给我，它们需要多少钱？」那女人问道。
" Yī shuāng gěi nǐ, yī shuāng gěi wǒ, tā men xū yào duō shǎo qián？" nà nǚ rén wèn dào.

鞋匠告诉他们价钱，但是他们却给鞋匠双倍的价钱。
Xié jiàng gào sù tā men jià qián, dàn shì tā men què gěi xié jiàng shuāng bèi de jià qián.

The next day, when he came down the stairs, he found… two beautiful pairs of shoes.
"I wonder who made these shoes?" he thought.
Just then a couple came in to the shop. "Look at those shoes," said the man.
"There is one pair for you and one pair for me. How much are they?" asked the woman.
The shoemaker told them the price, but they gave him twice the money he had asked for.

现在鞋匠有足够的金钱去买更多的食物和一些
Xiàn zài xié jiàng yòu zú gòu de jīn qián qù mǎi gēng duō de shí wù hé yī xie

皮革，他准备造四双皮鞋。
pí gé, tā zhǔn bèi zào sì shuāng pí xié.

Now the shoemaker had enough money to buy more
food and some leather to make four pairs of shoes.

剪剪，切切！剪剪，切切！剪剪，切切！
Jiǎn jiǎn, qiē qiē! Jiǎn jiǎn, qiē qiē! Jiǎn jiǎn, qiē qiē!

剪剪，切切！他切割出八只皮鞋的模样。
Jiǎn jiǎn, qiē qiē! Tā qiē gē chū bā zhī pí xié de mú yàng.

他把它们放在工作台上，准备第二天早上开始缝制。
Tā bǎ tā men fàng zài gōng zuō tái shàng, zhǔn bèi dì èr tiān zǎo shàng kāi shì féng zhì.

Snip, snip! Snip, snip! Snip, snip! Snip, snip!
He cut out the shapes of eight shoes. He left them on
the workbench ready to start sewing in the morning.

第二日，当鞋匠走下楼时，他看到…四双美丽的皮鞋，
Dì èr rì, dāng xié jiàng zǒu xià lóu shí, tā kān dào … sì shuāng měi lì de pí xié.

「不知道这些皮鞋是谁造的呢？」他想道。
" Bù zhī dào zhè xiē pí xié shì shuí zào de ní? " tā xiǎng dào.

就在这时，一家男女老少走进鞋店。 「啊！看看那些鞋子，」男孩说。
Jiù zài zhè shí, yī jiā nán nǚ lǎo shào zǒu jìn xié diàn. "Ā! Kān kān nà xié xié zǐ," nà nán hái shuò.

「一双给你，一双给我，」女孩说。
" Yī shuāng gěi nǐ, yī shuāng gěi wǒ," nǚ hái shuò.

「一双给妈妈，一双给爸爸，」男孩说。
" Yī shuāng gěi mā mā, yī shuāng gěi bà bà," nán hái shuò.

「它们需要多少钱？」孩子的父母问道。
" Tā men xū yào duō shǎo qián ? " hái zǐ de fù mǔ wèn dào.

鞋匠告诉他们价钱，但是他们却给鞋匠双倍的价钱。
Xié jiàng gào sù tā men jià qián, dàn shì tā men què gěi xié jiàng shuāng bèi de jià qián.

The next day when he came down the stairs he found… four beautiful pairs of shoes.
"I wonder who made these shoes?" he thought. Just then a family came in to the shop.
"Wow! Look at those shoes!" said the boy.
"There is a pair for you and a pair for me," said the girl.
"And a pair for mum and a pair for dad," said the boy.
"How much are they?" asked the parents.
The shoemaker told them the price, but they gave him twice the money he had asked for.

现在每一天晚上，鞋匠都会为新鞋切割皮革，而第二天的早上，
Xiàn zài měi yī tiān wǎn shàng, xié jiàng dōu huì wéi xīn xié qiē gē pí gé,　ér dì èr tiān de zǎo shàng,

各种不同式样和尺码的漂亮皮鞋便会恰当的缝制好 –
gè zhǒng bù tóng shì yàng hé chǐ mǎ de piào liàng pí xié biàn huì qià dàng de féng zhì hǎo –

有适合男士的皮鞋，也有适合女士的皮鞋，有男孩子的皮鞋，
yòu shì hé nán shì de pí xié,　yě yòu shì hé nǚ shì de pí xié,　yòu nán hái zǐ de pí xié,

也有女孩子的皮鞋，大的皮鞋，小的皮鞋，皮靴和拖鞋，
yě yòu nǚ hái zǐ de pí xié,　dà de pí xié,　xiǎo de pí xié,　pí xuē hé tuō xié,

它们是世界上最完美的鞋子。
tā men shì shì jiè shàng zuì wán měi de xié zǐ.

Now every evening the shoemaker would cut out the leather for new shoes and every morning there would be perfectly stitched beautiful shoes of all shapes and sizes - shoes for men and shoes for women, shoes for boys and shoes for girls, big shoes and small shoes, boots and slippers. They were the best shoes in the land.

当晚间逐渐延长和逐渐寒冷时，鞋匠坐着细想究竟是谁缝制这些皮鞋。
Dāng wǎn jiān zhú jiàn yán cháng hé zhú jiàn hán lěng shí, xié jiàng zuò zhe xì xiǎng jiū jìng shì shuí féng zhì zhè xiē pí xié.

剪剪，切切！剪剪，切切！鞋匠为皮鞋切割皮革。「我知道了，」他对妻子说，
Jiǎn jiǎn, qiē qiē! Jiǎn jiǎn, qiē qiē! Xié jiàng wèi pí xié qiē gē pí gé. "Wǒ zhī dào liǎo," tā duì qī zǐ shuò,

「我们不去睡觉，看看是谁造我们的皮鞋。」于是鞋匠和他的妻子便躲到架子的后面。
"Wǒ men bù qù shuì jiào, kān kān shì shuí zào wǒ men de pí xié." Yú shì xié jiàng hé tā de qī zǐ biàn duǒ dào jià zǐ de hòu miàn.

到了午夜时分，两个小矮人出现。
Dào liǎo wǔ yè shí fèn, liǎng gè xiǎo ǎi rén chū xiàn.

As the nights became longer and colder the shoemaker sat and thought about who could be making the shoes.
Snip, snip! Snip, snip! The shoemaker cut out the leather for the shoes.
"I know," he said to his wife, "let's stay up and find out who is making our shoes." So the shoemaker and his wife hid behind the shelves.
On the stroke of midnight, two little men appeared.

他们坐在鞋匠的工作台上，
Tā men zuò zài xié jiàng de gōng zuō tái shàng.

嗖！ 嗖！ 他们开始钉缝。
Sōu! Sōu! Tā men kāi shǐ dìng féng.

They sat at the shoemaker's bench.
Swish, swish! They sewed.

啪， 啪！ 他们锤击着，
Pā, pā! Tā men chuí jī zhe,

他们的小指头工作快速，
tā men de xiǎo zhí tóu gōng zuō xùn sù,

鞋匠简直不能相信他的眼睛。
xié jiàng jiǎn zhí bù néng xiāng xìn tā de yǎn jīng.

Tap, tap! They hammered
in the nails. Their little
fingers worked so fast
that the shoemaker could
hardly believe his eyes.

嗖，嗖！啪，啪！他们一直不停的工作，直至最后的一块皮革造成鞋子为止，
Sōu, sōu! Pā, pā! Tā men yī zhí bù tíng de gōng zuō, zhí zhì zuì hòu de yī kuài pí gé zào chéng xié zǐ wéi zhǐ,

他们跟着便跳下来走了。
Tā men gēn zhe biàn tiào xià lái zǒu liǎo.

Swish, swish! Tap, tap! They didn't stop until every piece of leather had been made into shoes.
Then, they jumped down and ran away.

「哦，那些可怜的小矮人！他们的衣服破旧，
" Ò, nà xiē kě lián de xiǎo ǎi rén ! Tā men de yī fù pò jiù,

一定是很冷的了，」鞋匠的妻子说道，
yī dìng shì hěn lěng de liǎo," xié jiàng de qī zǐ shuò dào,

「他们的辛勤工作帮了我们很多，但是却什么也没有，
" Tā men de xīn qín gōng zuō bāng liǎo wǒ men hěn duō, dàn shì què shén me yě méi yòu,

我们一定要为他们做一些事。」
wǒ men yī dìng yào wèi tā men zuò yī xiē shì."

「你认为我们应该做什么？」鞋匠问道。
" Nǐ rèn wèi wǒ men yīng gāi zuò shén me ?" xié jiàng wèn dào.

「我知道，」他的妻子说，「我为他们造一些温暖的衣服。」
" Wǒ zhī dào ," tā de qī zǐ shuò, " wǒ wèi tā men zào yī xiē wēn nuǎn de yī fù."

「我为他们冰冷赤裸的脚造一些鞋子，」鞋匠说。
" Wǒ wèi tā men bīng lěng chì luǒ de jiǎo zào yī xiē xié zǐ ," xié jiàng shuò.

"Oh, those poor little men! They must be so cold in those rags," said the wife.
"They have helped us with all their hard work and they have nothing.
We must do something for them."
"What do you think we should do?" asked the shoemaker.
"I know," said the wife. "I will make them some warm clothes to wear."
"And I will make them some shoes for their cold, bare feet," said the shoemaker.

第二天早上，鞋匠和他的妻子没有象平常一般开店，他们整天工作，但不是卖皮鞋。

Dì èr tiān zǎo shàng, xié jiàng hé tā de qī zǐ méi yòu xiàng píng cháng yī bān kāi diàn, tā men zhěng tiān gōng zuō, dàn bù shì mài pí xié.

The next morning the shoemaker and his wife didn't open the shop as usual.
They spent the whole day working but it wasn't selling shoes.

嘎哒，嗒！ 鞋匠的妻子
Gā dā, dā! Xié jiàng de qī zǐ

编织了两件小毛衣。
biān zhī liǎo liǎng jiàn xiǎo máo yī.

嘎哒，嗒！ 她编织了
Gā dā, dā! Tā biān zhī liǎo

两对羊毛袜子。
liǎng duì yáng máo wà zǐ.

Clickety, click! The shoemaker's wife knitted two small jumpers. Clickety, click! She knitted two pairs of woolly socks.

嗖，嗖！ 嗖，嗖！
Sōu, sōu! Sōu, sōu!

她缝制了两条温暖的裤子。
Tā féng zhì liǎo liǎng tiáo wēn nuǎn de kù zǐ.

Swish, swish! Swish, swish!
She sewed two pairs of warm trousers.

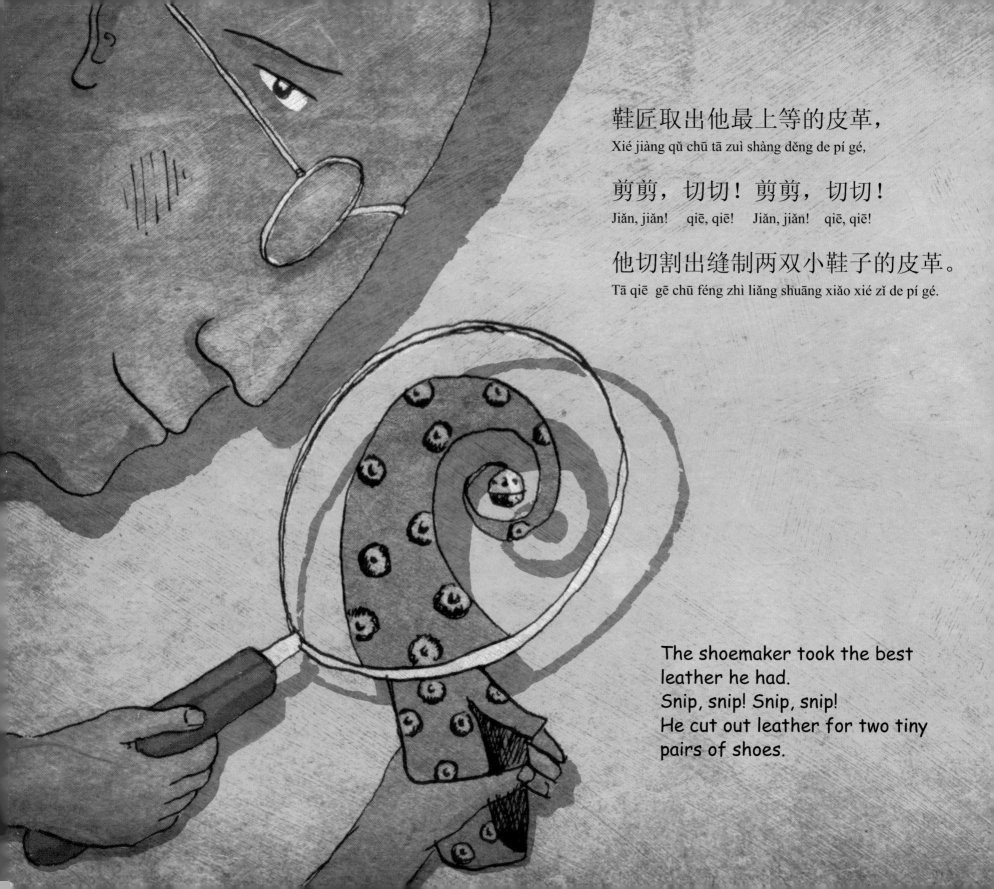

鞋匠取出他最上等的皮革，
Xié jiàng qǔ chū tā zuì shàng děng de pí gé,

剪剪，切切！剪剪，切切！
Jiǎn, jiǎn!　qiē, qiē!　Jiǎn, jiǎn!　qiē, qiē!

他切割出缝制两双小鞋子的皮革。
Tā qiē gē chū féng zhì liǎng shuāng xiǎo xié zǐ de pí gé.

The shoemaker took the best
leather he had.
Snip, snip! Snip, snip!
He cut out leather for two tiny
pairs of shoes.

嗖，嗖！嗖，嗖！他缝制了四只小鞋子。
Sōu, sōu! Sōu, sōu! Tā féng zhì liǎo sì zhī xiǎo xié zǐ.

啪，啪！啪，啪！他为每双皮鞋锤击鞋底。
Pā, pā! Pā, pā! Tā wèi měi shuāng pí xié chuí jī xié dǐ.

它们都是他一生以来造得最好的皮鞋。
Tā men dōu shì tā yī shēng yǐ lái zào dé zuì hǎo de pí xié.

Swish, swish! Swish, swish!
He stitched four small shoes.
Tap, tap! Tap, tap!
He hammered the soles onto each pair.
They were the best shoes he had ever made.

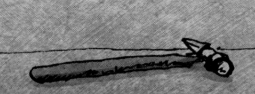

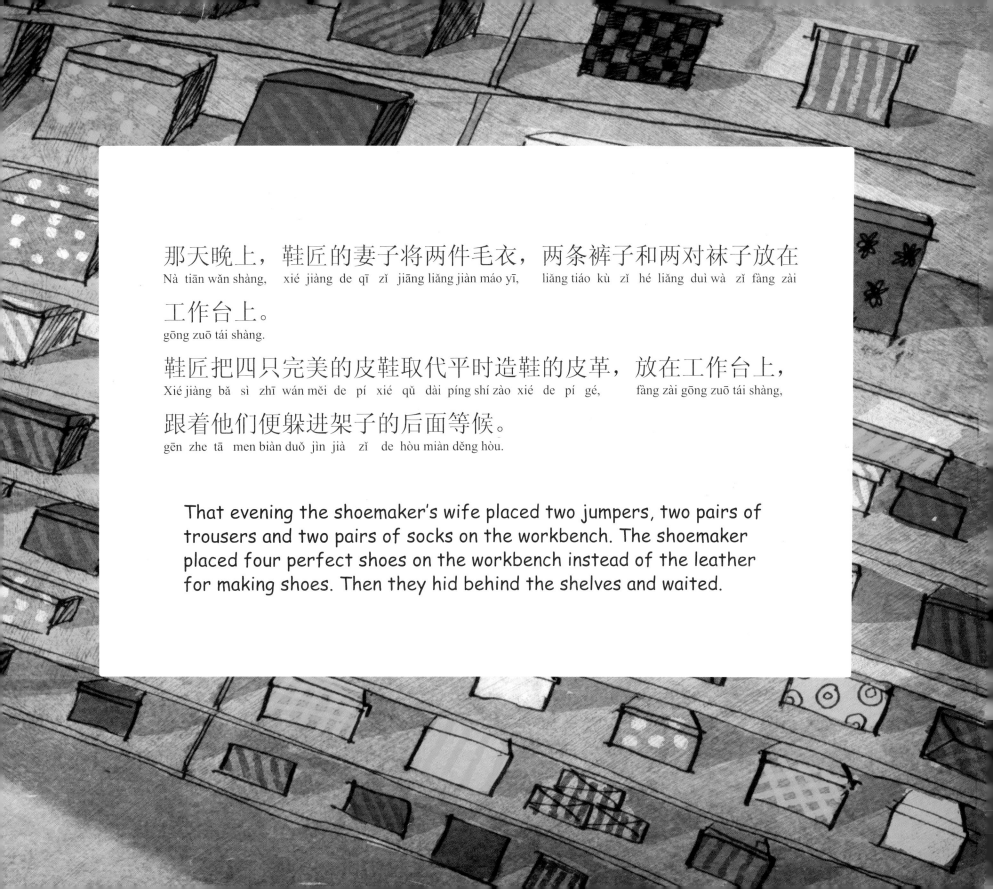

那天晚上，鞋匠的妻子将两件毛衣，两条裤子和两对袜子放在
Nà tiān wǎn shàng, xié jiàng de qī zǐ jiāng liǎng jiàn máo yī, liǎng tiáo kù zǐ hé liǎng duì wà zǐ fàng zài

工作台上。
gōng zuō tái shàng.

鞋匠把四只完美的皮鞋取代平时造鞋的皮革，放在工作台上，
Xié jiàng bǎ sì zhī wán měi de pí xié qù dài píng shí zào xié de pí gé, fàng zài gōng zuō tái shàng,

跟着他们便躲进架子的后面等候。
gēn zhe tā men biàn duǒ jìn jià zǐ de hòu miàn děng hòu.

That evening the shoemaker's wife placed two jumpers, two pairs of trousers and two pairs of socks on the workbench. The shoemaker placed four perfect shoes on the workbench instead of the leather for making shoes. Then they hid behind the shelves and waited.

到了午夜时分，两个小矮人出现，并准备工作，

Dào liǎo wǔ yè shí fèn, liǎng gè xiǎo ǎi rén chū xiàn, bìng zhǔn bèi gōng zuō,

但是当他们看到衣服时，他们停下来凝视，跟着便迅速地把衣服穿上。

Dàn shì dāng tā men kān dào yī fù shí, tā men tíng xià lái níng shì, gēn zhe biàn xùn sù dì bǎ yī fù chuān shàng.

On the stroke of midnight the two little men appeared ready for work.
But when they saw the clothes they stopped and stared.
Then they quickly put them on.

他们高兴得拍起手掌 － 啪，啪！

Tā men gā o xìng de pāi qǐ shǒu zhǎng － pā, pā !

他们高兴得跳跶双脚 － 哒，哒！

Tā men gāo xìng de tiào dā shuāng jiǎo － dā, dā !

他们在店内跳舞，并跳出店外，

Tā men zài diàn nèi tiào wǔ, bìng tiào chū diàn wài.

他们究竟跳到那里去，我们永远也不会知道。

Tā men jiū jìng tiào dào nà lǐ qù, wǒ men yǒng yuǎn yě bù huì zhī dào.

They were so happy they clapped their hands - clap clap!
They were so happy they tapped their feet - tap tap!
They danced around the shop and out of the door.
And where they went, we'll never know.

Key Words

elves	小矮人 xiǎo ǎi rén	sewing	缝制 féng zhì
shoemaker	鞋匠 xié jiàng	making	制造 zhì zào
wife	妻子 qī zǐ	gorgeous	漂亮 piào liàng
shop	店铺 diàn pū	price	价钱 jià qián
fashions	时尚 shí shàng	money	金錢 jīn qián
shoe	鞋子 xié zǐ	cut out	切割出 qiē gē chū
shoes	鞋子 xié zǐ	stitch	缝制 féng zhì
poor	贫穷 pín qióng	day	日间 rì jiān
leather	皮革 pí gé	morning	早上 zǎo shàng
pair	一双 yī shuāng	evening	晚上 wǎn shàng
workbench	工作台 gōng zuō tái	nights	晚间 wǎn jiān

词语
cí yù

midnight	午夜 wǔ yè	socks	袜子 wà zǐ
stroke	敲击（时分） qiāo jī　(shí fèn)	clapped	拍手 pāi shǒu
stay up	不睡觉 bù shuì jiào	tapped	跳跶 tiào dā
hammered	锤击 chuí jī	danced	跳舞 tiào wǔ
rags	破旧衣服 pò jiù yī fù		
cold	寒冷 hán lěng		
bare	赤裸 chì luǒ		
soles	鞋底 xié dǐ		
knitted	编织 biān zhī		
jumper	毛衣 máo yī		
trousers	裤子 kù zǐ		

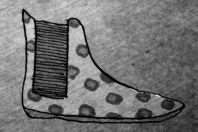

Ali Baba and the Forty Thieves
علي بابا والاربعين حرامي
Enebor Attard
Richard Holland
Arabic & English

The books on this page have been Pen enabled.
Please touch the Pen to the left hand corner of the page for further information on language availability or visit www.mantralingua.com

TalkingPEN™

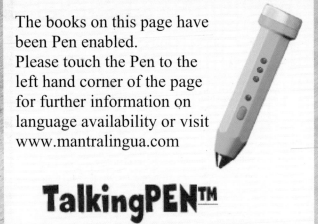

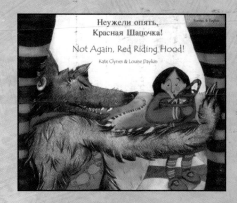

Неужели опять, Красная Шапочка!
Not Again, Red Riding Hood!
Kate Clynes & Louise Daykin

Ricitos de Oro y los tres ositos
Goldilocks and the Three Bears
Kate Clynes
Louise Daykin
Spanish & English

LA PETITE POULE ROUGE ET LES GRAINS DE BLE
The Little Red Hen and the Grains of Wheat
L. R. Hen
Jago

LION FABLES
by JAN ORMEROD

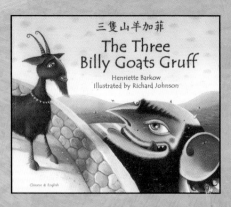

三隻山羊加菲
The Three Billy Goats Gruff
Henriette Barkow
Illustrated by Richard Johnson
Chinese & English

اللفتة العملاقة
The Giant Turnip
Adapted by Henriette Barkow
Illustrated by Richard Johnson
Arabic & English

Beowulf
Adapted by Henriette Barkow
Illustrated by Alan Down

The Children of Lir
Dawn Casey & Diana Mayo

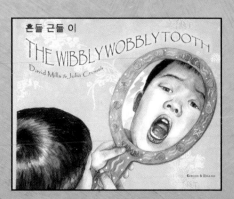

흔들 근들 이
THE WIBBLY WOBBLY TOOTH
David Mills & Julia Crouth